ANANKÈ

ÉPITRE

A UN PARNASSIEN

PRIX : 50 CENTIMES

PARIS

LIBRAIRIE DES BIBLIOPHILES

RUE SAINT-HONORÉ, 338

M DCCC LXXVI

ANANKÈ

ÉPITRE

A UN PARNASSIEN

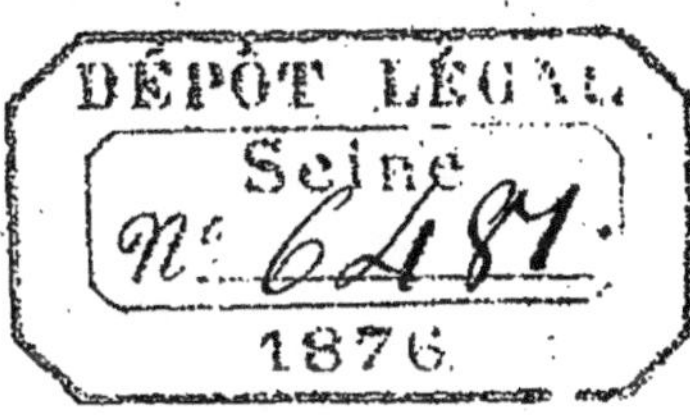

PARIS

LIBRAIRIE DES BIBLIOPHILES

RUE SAINT-HONORÉ, 338

M DCCC LXXVI

A M***

MEMBRE DE LA SOCIÉTÉ D'ADMIRATION MUTUELLE

Passage Choiseul, Paris

Vénérable jeune homme, ô nourrisson des Muses !
Toi qui, depuis dix ans, au son des cornemuses,
Es épris d'un langage aux merveilleux appas,
Que nul ne sait entendre et qu'on n'achète pas,
— Parce qu'il est rhythmé comme ces ouvertures
Où l'on mêle au tam-tam trop de fioritures,
Où l'harmonie est vague et les sons impuissants
A faire vibrer l'âme et délirer les sens ;
— Parce que ton langage est comme les broussailles :
Inextricable et vide, et beau comme Versailles :
Un palais gigantesque écrasé de frontons,
D'astragales orné, contourné de festons,
Tel est ton style, ami. Bouffi de platitudes,
Il prendra pour des riens d'énormes attitudes.
Et comme il est bondé de termes redondants,
De baisers purpurins, de mots outrecuidants !
C'est un amphigouri d'oiseuses épithètes
Qu'aux mamelons lactés de la Rime tu tettes,
Fier de voir que « les flots aux sourires blafards
« Sont cachés par la mousse et par les nénufars » ;
Que ton langage abonde en fulgurantes strophes,
Qui drapent sur le nu de subtiles étoffes,
Aux ramages pompeux, aux plis luxuriants,
Mais dont les tons criards irritent les croyants.

Même s'il est farci de flasques antithèses
Qui « d'être ou n'être pas » seraient certes fort aises,
Même s'il idolâtre et les monstres vermeils,
Et les Hydres, et Zeus, et les fougueux sommeils,
Et les fronts colossaux ruisselants de tempêtes
Au noctambule écho de guerrières trompettes,
Le tout enguirlandé d'un panache ondoyant,
Prendras-tu pour sublime un style aussi bruyant ?

Vénérable jeune homme aux larges épopées,
Avant de roucouler tes onomatopées,
Au Titan-Astre-Dieu, moderne Jupiter,
Qui, le pied dans la rue et le front dans l'éther,
Daigne sur son retour présider aux comices,
N'as-tu point humblement présenté les prémices ?
Devant ma citoyenne et grave majesté,
Ta voix n'a-t-elle pas quelque peu trembloté ?
Sinon serais-tu digne, ombre, d'entrer dans l'arche
Où flamboie, incréé, l'œil noir du Patriarche ?

Et Lui, farouche éclair, passant prodigieux,
Pour mieux lier ta harpe aux soins religieux,
T'a dit : « L'esprit qui s'ouvre est a l'ame une valve...
« Quant a tes chants, poëte, on dirait d'une salve
« De l'astre qui se lève a l'astre qui s'en va ! »

Personne n'eût mieux dit, — si ce n'est Jéhovah.

Et toi, plus fier qu'un paon de passer satellite
Dans le ciel étoilé des poëtes d'élite,
— Depuis les dômes bleus par les anges hantés
Jusques au gouffre amer des âpres vérités,
Tes ailes promenant leurs vastes envergures, —
Tu tins contre le Vrai d'étonnantes gageures.

Mais si ton front se heurte aux divines splendeurs
Décrites par le Maître, à quelles profondeurs
Ton pastiche fait choir ses images sublimes!
— Trop d'ampleur aux détails, trop de richesse aux rimes,
Du plus merveilleux style, enflé de diamants,
Font un galimatias dépourvu d'agréments.

Pénétrons maintenant, sans autres préambules,
Dans le cercle sacré des conciliabules
Que tiennent, inspirés, les fauves chevelus
De Pégase chéris et du Parnasse élus.
— D'abord, honneur au Maître, au Satyre-Erinnye,
Qui sait à l'Épouvante arracher l'Harmonie :

. . . .

« C'est bien, tout sera dit, vous serez remplacés
Par ce noir dieu final que l'homme appelle Assez !
Car Delphe et Pise sont comme des chars qui roulent,
Et les choses qu'on crut éternelles s'écroulent
Avant qu'on ait le temps de compter jusqu'à vingt...

« Tout en parlant ainsi, le Satyre devint
Démesuré : plus grand d'abord que Polyphème,
Puis plus grand que Typhon, qui hurle et qui blasphème,
Et qui heurte ses poings ainsi que des marteaux,
Puis plus grand que Titan, puis plus grand que l'Athos ;
L'espace immense entra dans cette forme noire ;
Et, comme le marin voit croître un promontoire,
Les dieux dressés voyaient grandir l'être effrayant ;
Sur son front blêmissait un étrange orient,
Sa chevelure était une forêt ; des ondes,
Fleuves, lacs, ruisselaient de ses hanches profondes ;
Ses deux cornes semblaient le Caucase et l'Atlas ;

Les foudres l'entouraient avec de sourds éclats;
Sur ses flancs palpitaient des prés et des campagnes,
Et ses difformités s'étaient faites montagnes;
Les animaux qu'avaient attirés ses accords,
Daims et tigres, montaient tout le long de son corps;
Des avrils tout en fleurs verdoyaient sur ses membres;
Le pli de son aisselle abritait des décembres;
Et des peuples errants demandaient leur chemin,
Perdus au carrefour des cinq doigts de sa main;
Des aigles tournoyaient dans sa bouche béante;
La lyre, devenue en le touchant géante ,
Chantait, pleurait, grondait, tonnait, jetait des cris;
Les ouragans étaient dans les sept cordes pris
Comme des moucherons dans de lugubres toiles;
Sa poitrine terrible était pleine d'étoiles.

« Il cria :

    « L'avenir, tel que les cieux le font,
C'est l'élargissement dans l'infini sans fond,
C'est l'esprit pénétrant de toutes parts la chose!
On mutile l'effet en limitant la cause;
Monde, tout le mal vient de la forme des dieux.
On fait du ténébreux avec le radieux;
Pourquoi mettre au-dessus de l'Être des fantômes?
Les clartés, les éthers, ne sont pas des royaumes.
Place au fourmillement éternel des cieux noirs,
Des cieux bleus, des midis, des aurores, des soirs!
Place à l'atome saint, qui brûle ou qui ruisselle!
Place au rayonnement de l'âme universelle!
Un roi c'est de la guerre, un dieu c'est de la nuit.
Liberté, vie et foi, sur le dogme détruit!
Partout une lumière et partout un génie!
Amour! tout s'entendra, tout étant l'harmonie!

L'azur du ciel sera l'apaisement des loups.
Place à Tout! Je suis Pan; Jupiter! à genoux. »

. . . .

Alors, comme un enfant qui ne sait point son rôle,
Parut un néophyte aussi pleureur qu'un saule,
Qui, gagnant de l'aplomb son manuscrit en main,
Lut ce titre : Un Bohème, et prit un long chemin :

« En moi j'ai beau fouiller, je ne sens qu'impuissance.
Je me roidis en vain : mon être est avorté;
Il fut en proie au mal dès son adolescence.
— Toujours la rêverie, en moi de pure essence,
Se brisa, froide et nue, à ce mot : « Liberté ».

« Libre et fier! Deux vains mots. — La misère implacable
A de sa main de fer arrêté mon essor;
Et, sans grec ni latin, l'ignorance m'accable.
— Quoique j'en fasse fi, c'est toujours regrettable
De passer pour un cuistre en voulant parler d'or.

« Que n'ai-je eu des trésors!... Du moins ce que je rêve,
Depuis tantôt dix ans de gloire et de splendeurs,
A mon fatal délire eût donné quelque trêve :
Sombre est l'ambition dont l'homme public crève,
Comparée à l'étude en ses saintes ardeurs.

« Être riche! — Rêver, selon votre caprice,
De la verte feuillée ou de soupers mignons;
Dire à la grande dame, en pensant à Clarisse,
(Sans que jamais la verve ou le cœur ne tarisse),
Que perles sont ses dents et ses yeux des rayons,

« Rire de tout; ne croire, — en posant à l'athée, —
Qu'à l'amour ici-bas et là-haut qu'au néant;

Affirmer que la vie est simplement ratée
Si froidement elle est par la raison bâtée :
Oui, le *nec plus ultra*, c'est de vivre en riant !

« Très-coquet ce menu, très-joli ce programme.
Mais comment faire alors qu'on n'y peut pas toucher ?
(Il faudrait un service au moins de filagramme.)
— En dépit de cela, faites quelque épigramme,
Dira-t-on, sur le luxe... A quoi bon se fâcher ? —

« Malgré ce ton moqueur, j'enrage, n'en déplaise
A ces dandys qui n'ont que leur linge de blanc :
Faire ici leur portrait les mettrait mal à l'aise ;
Pour leur buste, c'est trop d'un peu de terre glaise,
Ces fats au ridicule ayant prêté le flanc.

« — Tous les gueux sont gonflés d'orgueil, allez-vous dire.
Quand l'estomac est creux, l'âme a soif d'infini. —
Amen ! — Ah ! si j'avais le don de la satire,
Oserais-je envier, plutôt que de maudire,
L'ombre de tel niais qui, par Plutus béni,

« A plus de veine et d'heur que tel joueur qui triche ?
La Fortune à tous deux leur a mis un couvert !
Pour consolation il me reste une fiche,
Il est vrai : d'être fier tout en n'étant pas riche,
Quand, moi, fils de Pégase, un X... m'envoie au vert ! »

C'était Jacque, un toqué, qui tenait ce langage.
Il avait trois faux cols et trente ans révolus.
Et sans cesse en retard — sa montre était en gage —
Il vous demandait l'heure. Enfin, pour tout bagage,
Jacque avait un album. — L'album vit ; lui n'est plus.

D'un album historique il faisait sa marotte.
Partout il le traînait, quêtant dessins et vers.

— Jacques, par ce moyen, cultivait la carotte.
(C'est l'argot du métier : s'y pique qui s'y frotte.)
Jacque avait très-bon cœur, mais l'esprit de travers.

Étudiant... de mœurs, c'était moins qu'un bohême.
Or, ce qu'il dit plus haut il l'a presque inventé :
Il eût voulu passer pour un friand de crème,
Quand ses goûts effrénés le rendaient ivre et blême.
Bref, ce fut un poseur souillant la « Liberté ».

De ces types honteux, hélas! Paris foisonne ;
Tandis que, près de là, vivent nombre rêveurs
Tapis dans leur mansarde où jamais ne résonne
Un peu d'or ; qui, levés dès que l'*Angelus* sonne,
Sont astreints au travail, — un travail sans saveurs.

Combien, parmi ceux-là, rêvant tout autre chose,
Aspirent aux instants qu'on consacre au sommeil
Pour laisser leur sourire errer sur une rose.
— Poëtes malgré tout, mais craignant qu'on en glose,
Ils ont bâti leur nid le plus près du soleil.

Certe, ils sont impuissants à combler ce grand vide
Qu'un travail mercenaire a fait en leur cerveau :
Le fond leur manquera. Ce pauvre diable avide
D'études... c'est risible ! Et la bourse se vide
A rimer des chansons dont fait fi le *Caveau*.

Or, pour conclusion, est-il une famille
Qui prendrait dans son sein un de ces nourrissons?
Le bourgeois dit : « Laissez souffrir... Malheur étrille.
Plus le feu du génie a couvé, plus il brille. »
— Mais pour les paresseux sont bonnes ces raisons!

Un autre, d'un air fin, dit : « Dieu vous accompagne,
Messieurs. Intitulons ceci : MAT DE COCAGNE » :

Fous et rêveurs, quand d'un grand nom jeté
En pleine immensité,
Un siècle après l'écho se répercute,
On reste épouvanté,
Tant le bruit de ce nom s'est éteint dans sa chute.

Jadis, superbe, il a, comme un éclair,
Frémi, sillonné l'air.
Quoi ! cet éclat n'était qu'une fumée...
Pourtant qu'il était fier
(Se jugeant immortel) de cette renommée !

Combien sont morts croyant — ô fol orgueil ! —
Trop étroit leur cercueil ;
Et leur génie ouvrait déjà ses ailes...
Mais pour franchir le seuil
De l'humble sanctuaire où vont les étincelles !

Tel autre avait dressé son piédestal :
Mais le Temps, ce brutal,
Lance un brûlot — tout de paille enflammée ..
Et le Rire fatal
De son talon coquet écrase ce Pygméc !

Le nom, c'est tout : qu'on s'appelle Attila,
Ou Tibère, ou Sylla ;
Pour qui massacre ou dont l'ombre est proscrite,
La gloire est toujours là,
Sur le marbre sculptée, en lettres d'or inscrite.

Or, dans ce but, que de fous et de sots
Vont se rompre les os ;
Que d'intrigants, jouant « à qui perd gagne »,
Nagent entre deux eaux :
Tous pour grimper, ô Gloire, à ton mât de cocagne !

Puis il surgit de l'ombre un homme aux cheveux verts.
Pour un athlète. absent il récita ces vers :

. . . .

« La vigne monstrueuse étreint les arbres comme
Un lutteur, puis en troncs pareils à des corps d'homme
Retombe, puis remonte et va bondir plus loin.
La végétation en démence n'a soin
Que de cacher le ciel avec ses créatures.
Le feuillage se dresse en mille architectures,
Forme une colonnade aux corridors profonds,
Sur les pics effarés pose de noirs plafonds,
Tapisse l'antre, grimpe aux montagnes, s'élance
Dans l'air bleu, tout à coup éclate en fers de lance,
Puis, noire frondaison que l'œil en vain poursuit,
Devient un néant fait de verdure et de nuit,
Là ruisselle de pourpre et d'argent, partout maître
Du sol, dans la liane en courant s'enchevêtre ;
Et des gémissements, des hurlements, des cris
Retentissent. Au bas des lourds buissons fleuris,
Des prunelles de flamme, ainsi que des phalènes,
S'allument, et l'on sent se croiser des haleines.
Aux racines traînant leurs cheveux, sont mêlés
Des reptiles ; dans les rameaux échevelés
Volent de grands oiseaux peints d'azur et de soufre ;
Des yeux rouges parmi l'obscurité du gouffre
Luisent, et les petits des louves dans leurs jeux
Se détachent tout noirs sur un plateau neigeux
Où brillent sur le blanc tapis jonché de branches
Des flaques de sang rose et des carcasses blanches. »

. . . .

— PROPOS D'UN MONOMANE. *Un titre assez banal,*
Messieurs ; mais le sujet, peut-être original,

J'ose du moins le croire, aura le don de plaire...
Un murmure arrêta ce chant de... Circulaire :

« Sur ma table, Xantus, qui coudoyait un soir
Honoré de Balzac, ce grand broyeur de noir,
Ou le penseur fait dieu, dirait monsieur Prudhomme,
Opposait à Musset madame A..., ce grand homme.

« Or, Balzac semblait dire : — O pauvre humanité !
C'en est fait des Argus et de la Vérité,
Si ton ombre, après moi, ne rentre pas sous terre,
Par crainte du soleil... ou honte du mystère
Dont tu voyais jadis les vices entourés. —

« — Bast ! ce grand jour luira... quand nous serons châtrés !
Avait repris Xantus. Tout un monde interlope
Grouille et vivra mille ans. — Bientôt Xantus galope,
Laissant caracoler son thème favori.
Inquiet, il s'arrête : un poëte a souri.

« De ces graves débats ainsi qui s'en amuse ?

« — C'est Musset, noble enfant si gâté de la Muse :
Joindre aux paillettes d'or d'un style scintillant
L'éclat de la pensée, et, tout en souriant,
Caresser une lyre où frémit le génie,
N'est-ce point égaler la suprême harmonie ?

« O Musset ! Dieu te fit ennemi du fatras :
Les Balzac écriront, mais, toi, tu chanteras...
T'a-t-il dit. C'est pourquoi, quand ta verve s'allume,
Une perle, en rimant, coule au bout de la plume,
Et ta pensée alors s'enchâsse dans tes vers
Si follement qu'elle a son bonnet de travers
Au bout de quelques bonds, — la ravissante fée...

Et qu'elle est gracieuse à demi décoiffée !
On l'admire, on la suit ; prend-elle à travers bois,
Que jamais sur sa piste on ne reste aux abois.
— Qu'elle guette un bluet pour raviver le charme
De cette rêverie où scintille une larme,
Ou bien que sur son luth frissonnent des sanglots,
Ta pensée, incrustant des bijoux, coule à flots
Vers la source limpide où toutes harmonies
Remontent vers les cieux en lueurs infinies !
Dans ton œuvre, ô Musset ! frémit la passion,
Toute de poésie et d'inspiration,
Qui brave la douleur pour devenir sa proie :
Sentir craquer ses os sous le fer qui les broie,
Rêver d'une Furie être le doux amant,
C'est pour un vrai poëte un vrai raffinement !
Et tu l'as, ce vertige ! et ton âme éperdue
Fait croire, à ses élans, ou qu'elle est descendue,
Ailée et chaste encor, de quelque firmament,
Ou que son ombre n'est qu'un éblouissement ! »

Qui tenait ce langage ? Un monomane. — En somme,
Parce que l'on préfère un genre ou tel auteur,
C'est trop d'exalter M... pour dire : « K.. m'assomme.
Profond, si vous voulez, son style est d'un rhéteur ;
Ce poëte, au contraire, à tous est sympathique :
Comme aux accents émus il joint un ton sceptique !
Et puis ce mot dit plus que ce volume-là
N'en coûte en vingt feuillets... en style de gala.
— Tandis que sur le vif Gaëtan peint les choses,
Zéphir vous sert les faits sur des feuilles de roses !

Donc, pourquoi ne point faire, aux goûts de votre esprit,
À chacun son vrai lot, sans blâmer un écrit
Qui, badin ou moral, plus ou moins vous sourit ?

Citons — pour clore enfin cette longue séance
Où trop d'art se marie à peu d'expérience —
Ces strophes qu'un poëte imberbe osa forger
Sur ce thème écrasant : LA PATRIE EN DANGER :

Comme la honte, hélas ! mère sainte et chérie,
    Gonfle ton cœur !
Seras-tu longtemps, France, insultée et meurtrie
    Par ce vainqueur ?

Là, sont tes citoyens prêts à mourir, Patrie,
    — Lançant, pour te venger,
Ce cri vertigineux de ton peuple en furie :
    « La patrie en danger ! »

Écoute-les mugir ces vagues redoutables
    Bravant l'airain,
Se ruant sur ces rocs énormes, formidables,
    Le front serein.

Regarde-les surgir ces « crevés » volontaires
    D'un règne à falbalas.
— Volcan Quatre-vingt-douze, est-ce de tes cratères
    Que sortent ces éclats,

Qui, comme aux jours d'effroi, vont se changer en lave
    Brûlant l'affront ?
Oui, peuple, tu vaincras encor le peuple slave :
    Tous trembleront !

Vaincus hier, demain géants, les voilà, France
    Sublime, tes lions.
Dans les désastres même où râle l'espérance,
    Ils vont, fiers tourbillons !

Oui, raillant leur déroute inénarrable, immense,
Qui fait rougir,
Pour ces mâles vaincus, la lutte recommence :
Ils vont rugir !

Hoche et Marceau, debout ! c'est l'heure des prodiges.
— Bretagne, lève-toi !
— Normands, Picards, Gascons, ayez de ces vertiges
Qu'avait le peuple-roi !

A nous, républicains des grandes épopées,
Démons et preux !
A nous, ô paladins — qui sortiez vos épées,
Cœurs valeureux !

Pour les faire briller jusques en Terre sainte
Sur le front des damnés
Qui du temple divin avaient souillé l'enceinte, —
Sans armures, venez !

Un Barbare royal sur votre gloire antique
Met ses talons !
Croisés, venez courir sus à cet hérétique,
Ou nous râlons...

Célestes voix, soufflez en l'âme de cet homme
Des pleurs et des remords ;
Tordez ce père, — alors que Satan on le nomme, —
Qu'il pleure aussi ses morts !

Fantômes, ravivez ces flammes légendaires
Des légions !
Sur nos fronts faites luire un peu de vos colères
A vos rayons !

Ils ont pris vos lauriers, votre face est flétrie,
 O soldats de Moscou!
Ces vaincus d'Iéna vont-ils à la patrie
 Mettre une corde au cou?

Nous devons, Grande Armée, à la sombre Iliade
 Ce pilori.
— De héros fais surgir comme une myriade,
 Qu'à ce seul cri :

La patrie en danger! des masses invincibles
 Détruisent ces fléaux :
L'ambition, la guerre; et que, grands et paisibles,
 Nous sortions du chaos!

Avant de prendre part à ces rudes mêlées
De flamboyants esprits, d'âmes échevelées,
Consulte ton lyrisme... et fais ton testament,
Car tu dois être, ami, des neuf Muses l'amant,
Tour à tour, puis ensemble, et, sans apostasie,
Vivre de feu sacré d'extases, d'ambroisie,
Jusqu'à l'heure céleste où, couvert de lauriers,
Pour toi l'on chantera l'hymne saint des guerriers.
Enfin, garde-toi bien de ces enthousiasmes
Je commande : ce sont autant de pléonasmes
Dans les choses de l'art. Fauvette ou rossignol,
Chante selon ta voix, plane selon ton vol.
— Et surtout, ô jeune homme, aspire à l'autre vie :
C'est l'idéal repos pour l'âme inassouvie.

www.ingramcontent.com/pod-product-compliance
Lightning Source LLC
LaVergne TN
LVHW050255030726
842520LV00006B/2378